唯美线描 精选

梁维 热带植物

梁维·绘

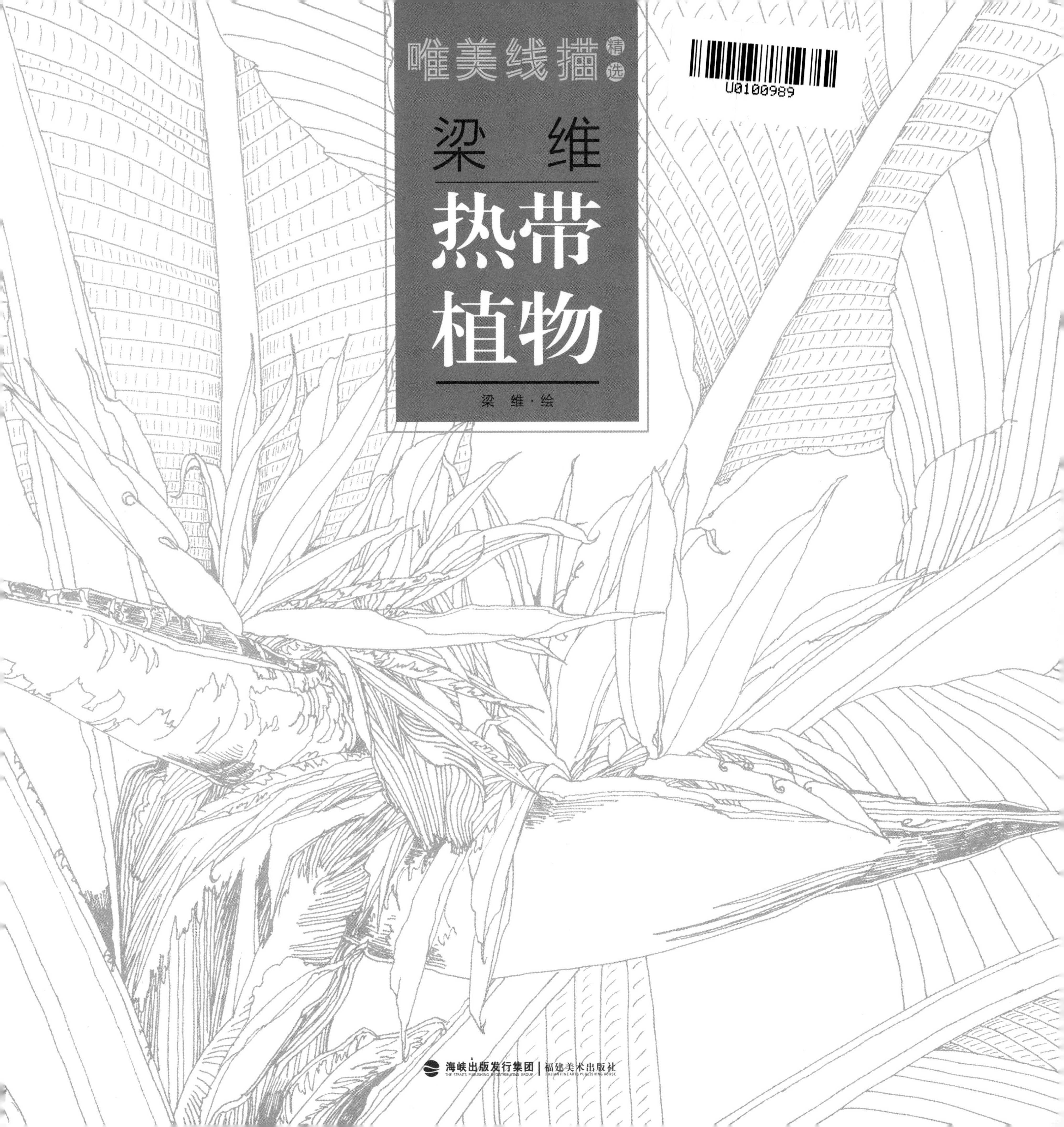

海峡出版发行集团 THE STRAITS PUBLISHING & DISTRIBUTING GROUP | 福建美术出版社 FUJIAN FINE ARTS PUBLISHING HOUSE

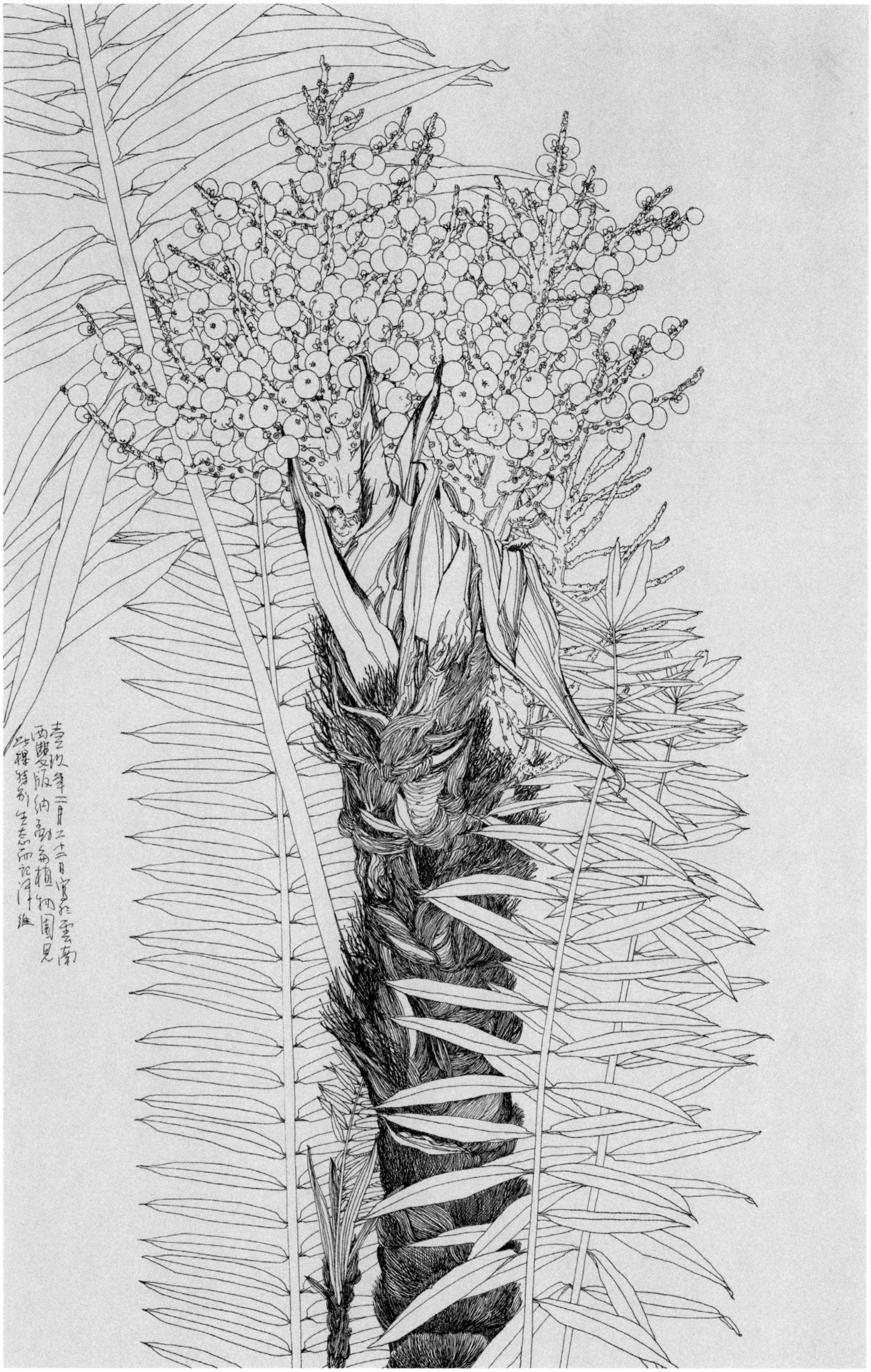
壹玖年二月二十三日寫於雲南
西雙版納勐侖植物園見
此棵特別生態而記 洋維

雲南西雙版納勐臘

壹八年春季寫
龍血樹於西雙版
納勐侖植物園

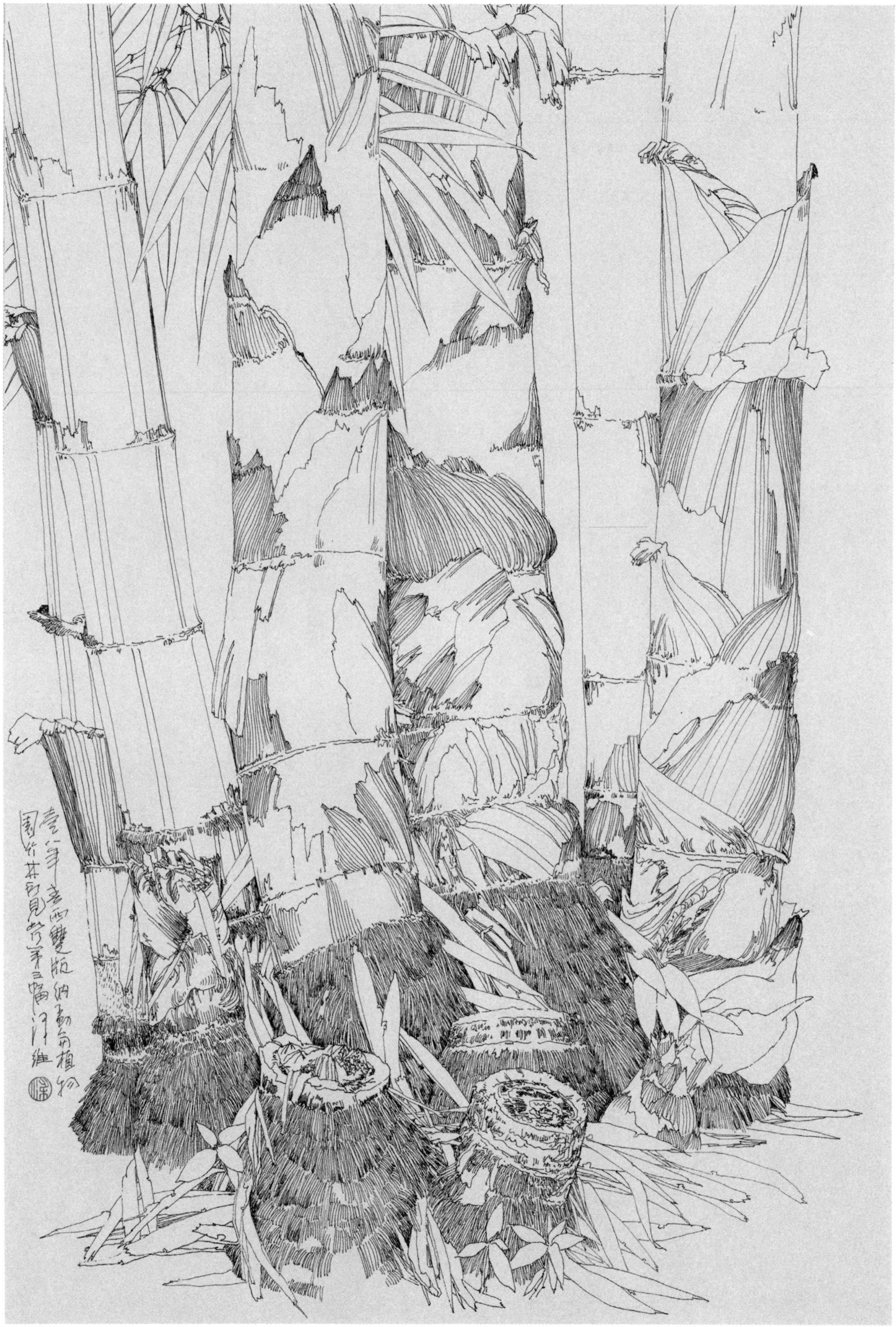
西雙版納勐侖植物園竹林所見竹笋三幅
汗維

二零壹九年壹月十八日随国家画院郭子良老师第二回
到云南西双版纳勐仑植物园首先于竹林试写并记梁维

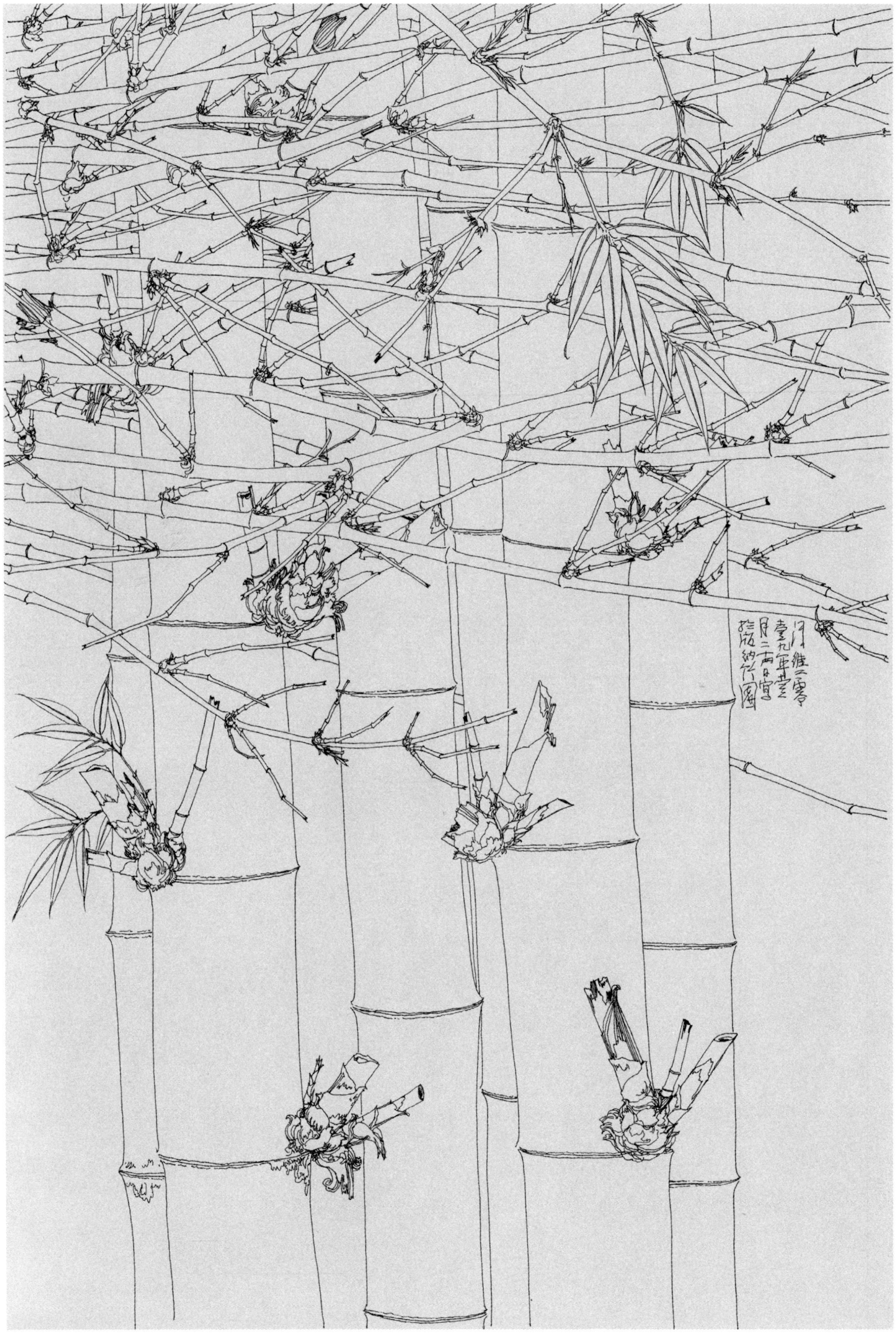

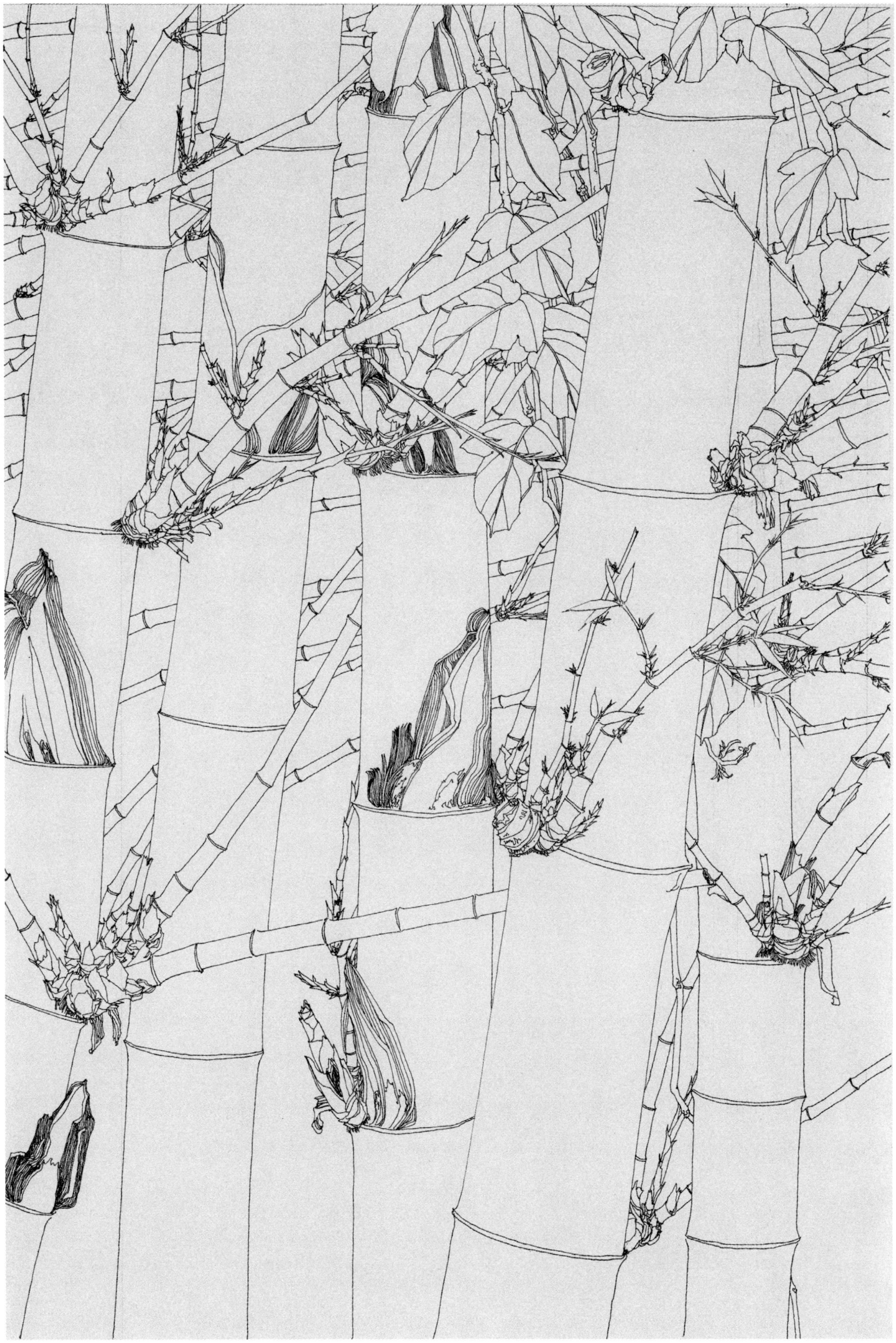

二零壹八年三月雲南
西雙版納勐侖植物
園見此榕樹初用
此法爲其畫之
梁維并記
梁維

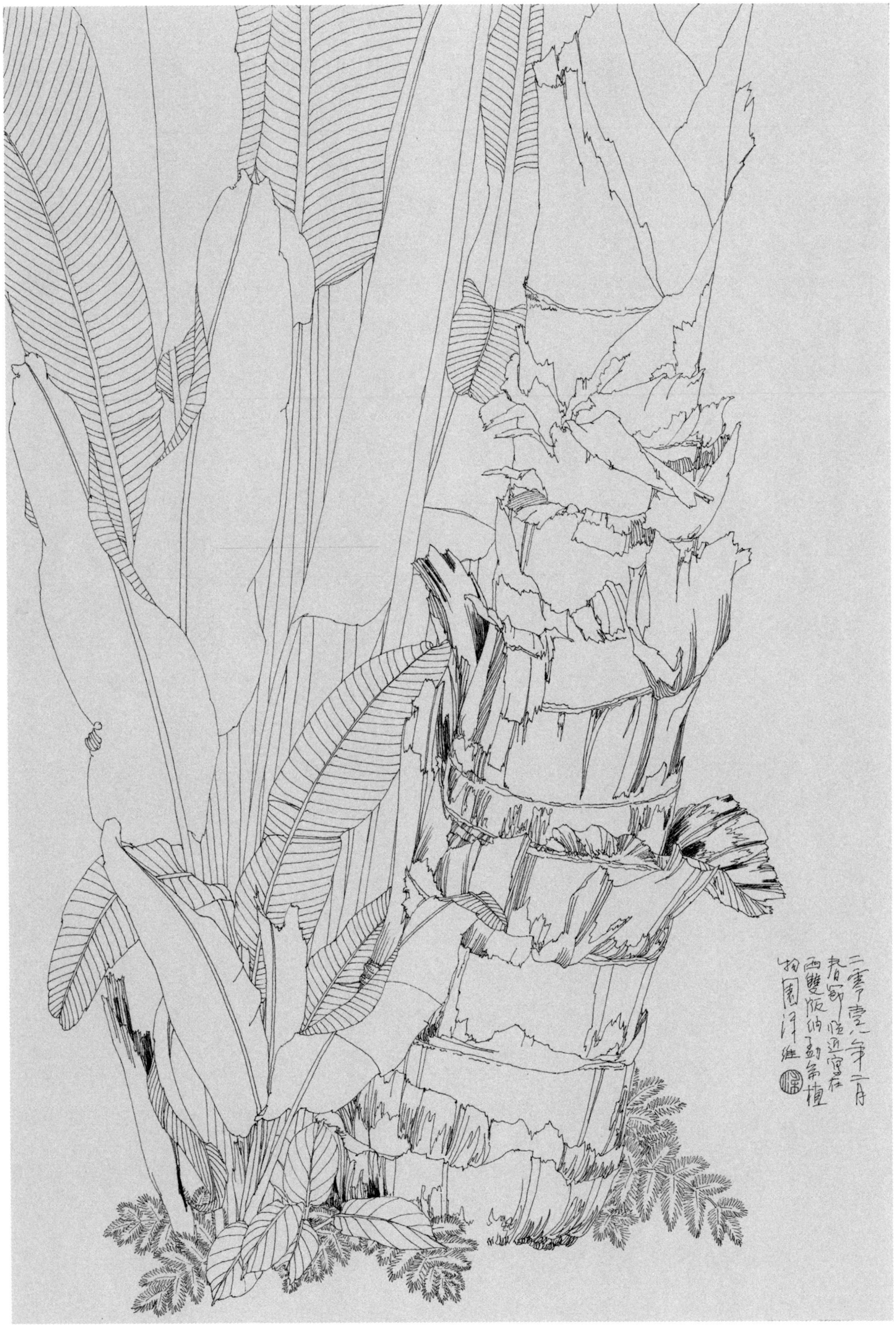
二零壹八年二月
春節臨近寫在
西雙版納勐侖植
物園 洋維

二零壹八年二月八日寫於
雲南勐侖西雙版納植物

瓷玫瑰写于云南西双版
纳勐仑植物园

云南西双版纳勐仑
植物园棕榈园

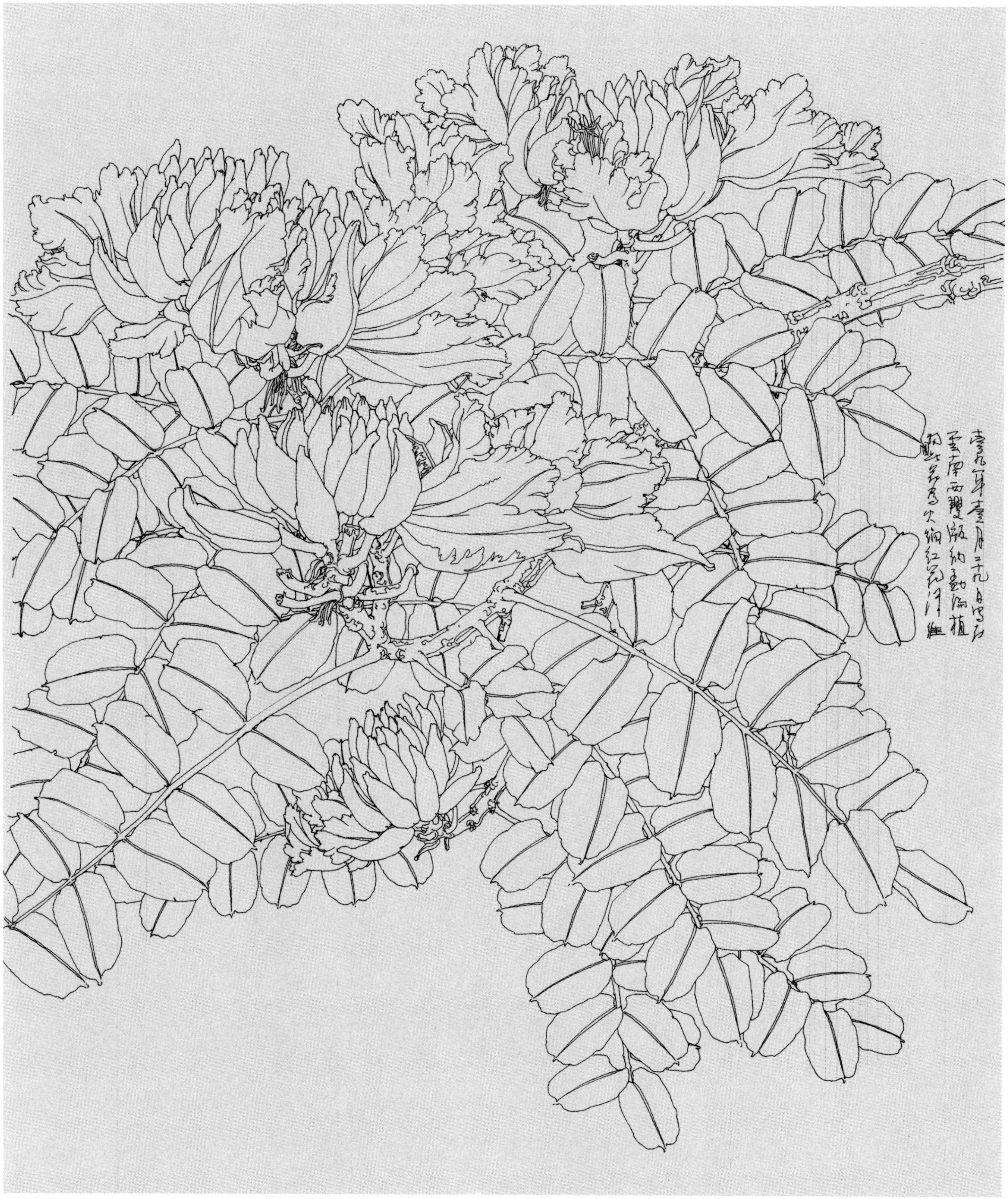
壹九九年壹月二十九日写于
云南西双版纳勐仑植
物园写火焰红花汗维

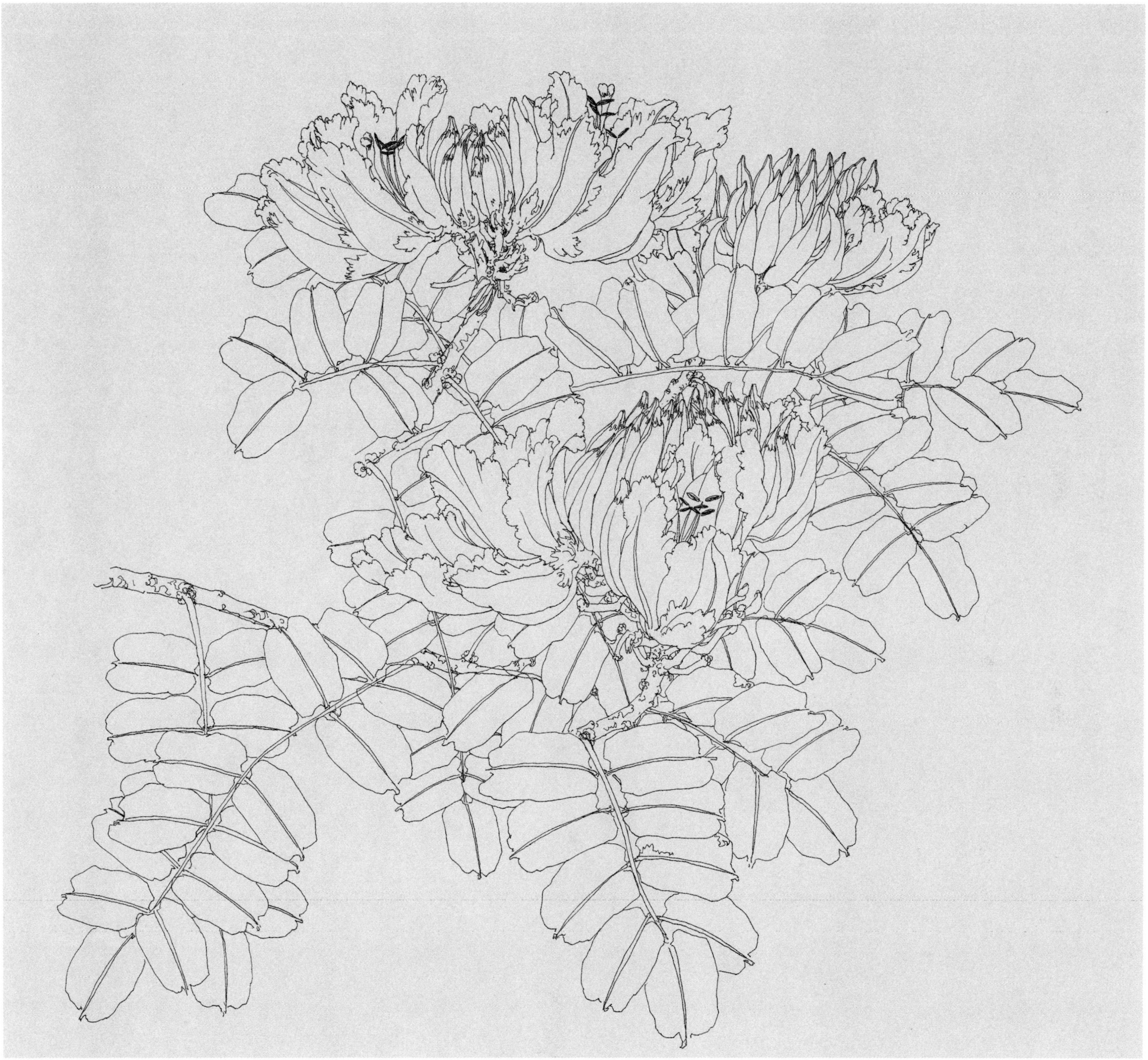

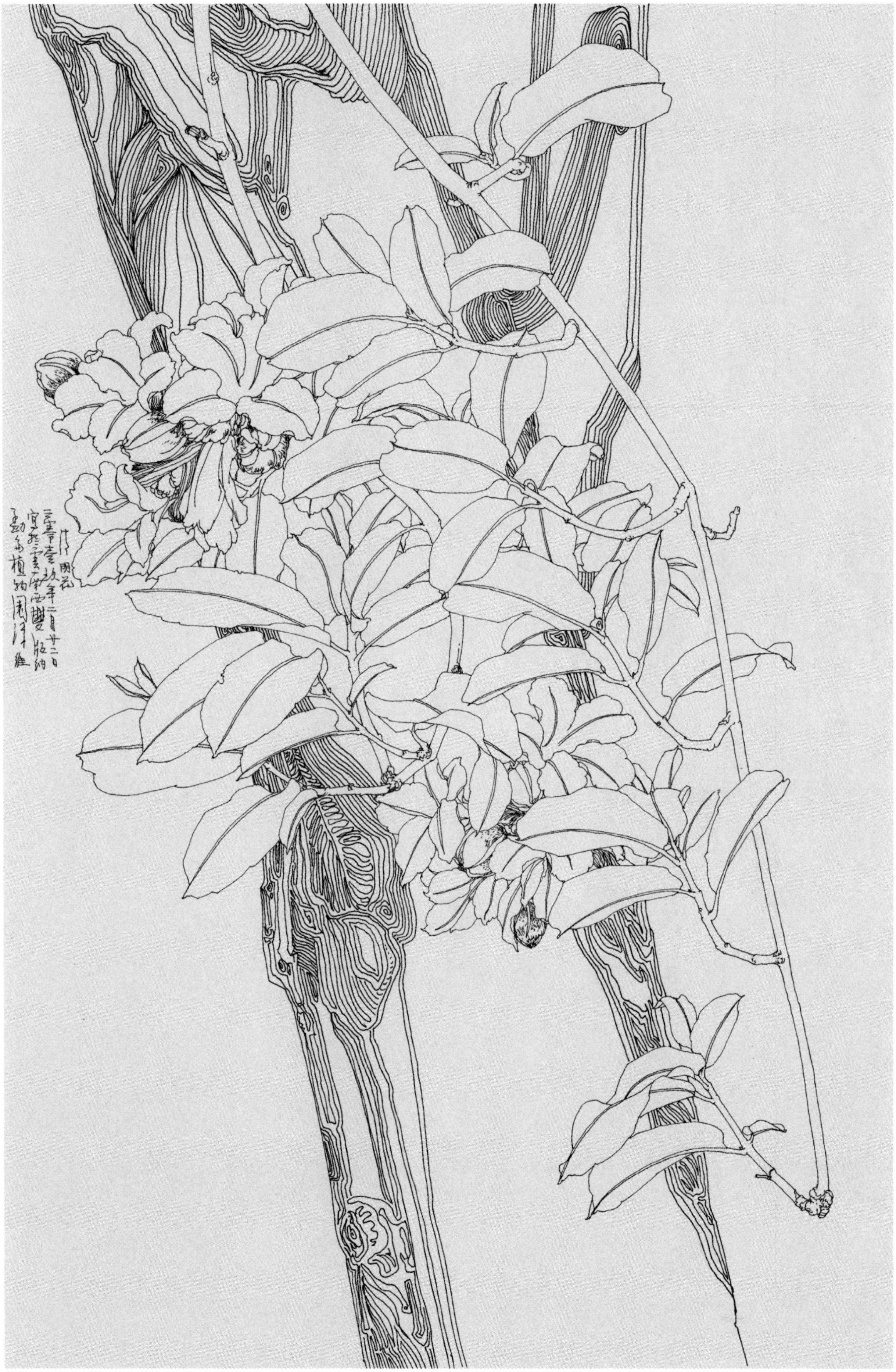
二零壹玖年二月廿二日
写于云南西双版纳
勐仑植物园

八寶樹壹玖年二月
九日寫於雲南西雙
版納勐侖梁維

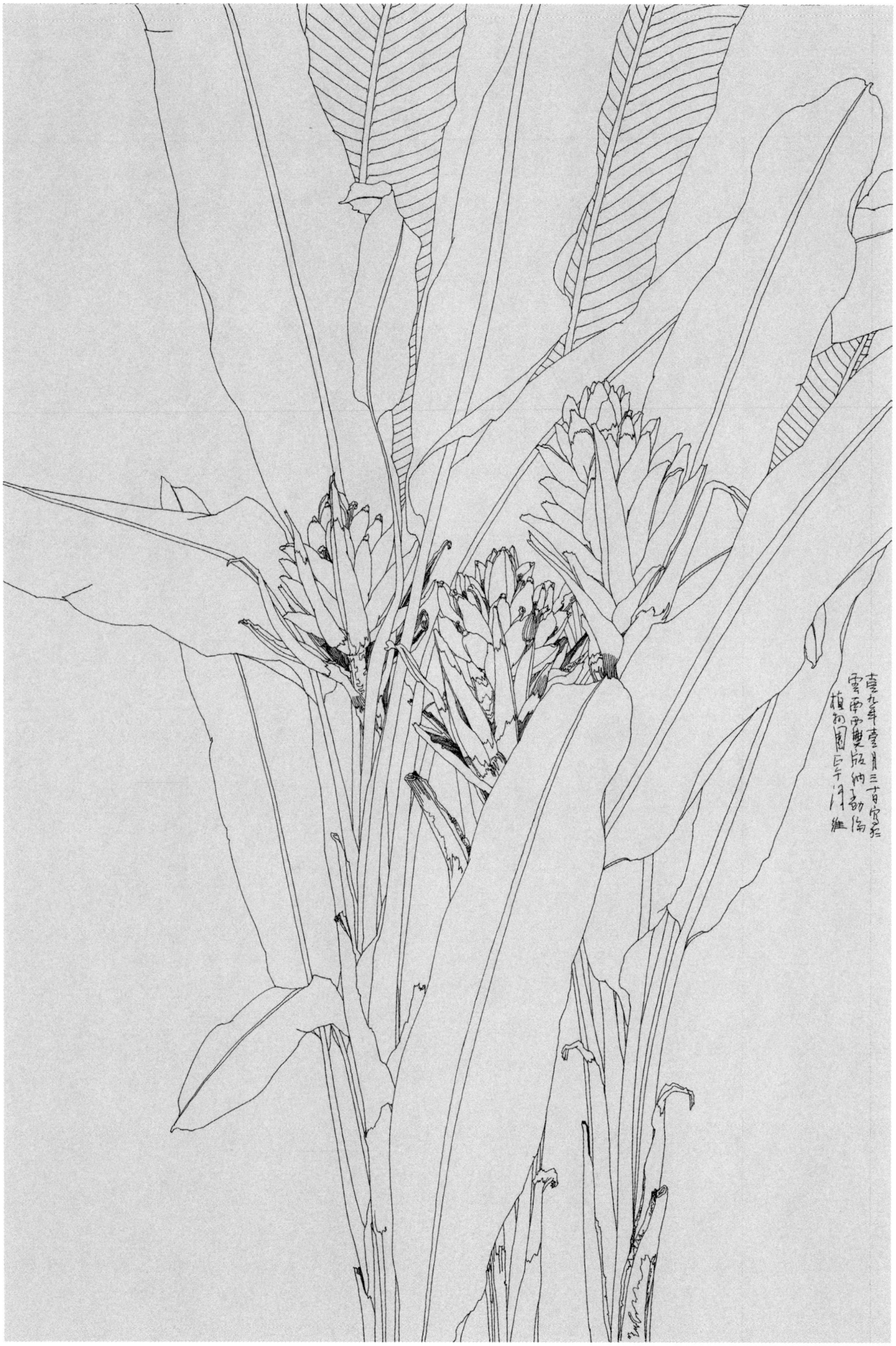
壹九年壹月三十日写於
雲南西雙版納勐侖
植物園

于云南西双版纳勐仑植物园 梁维

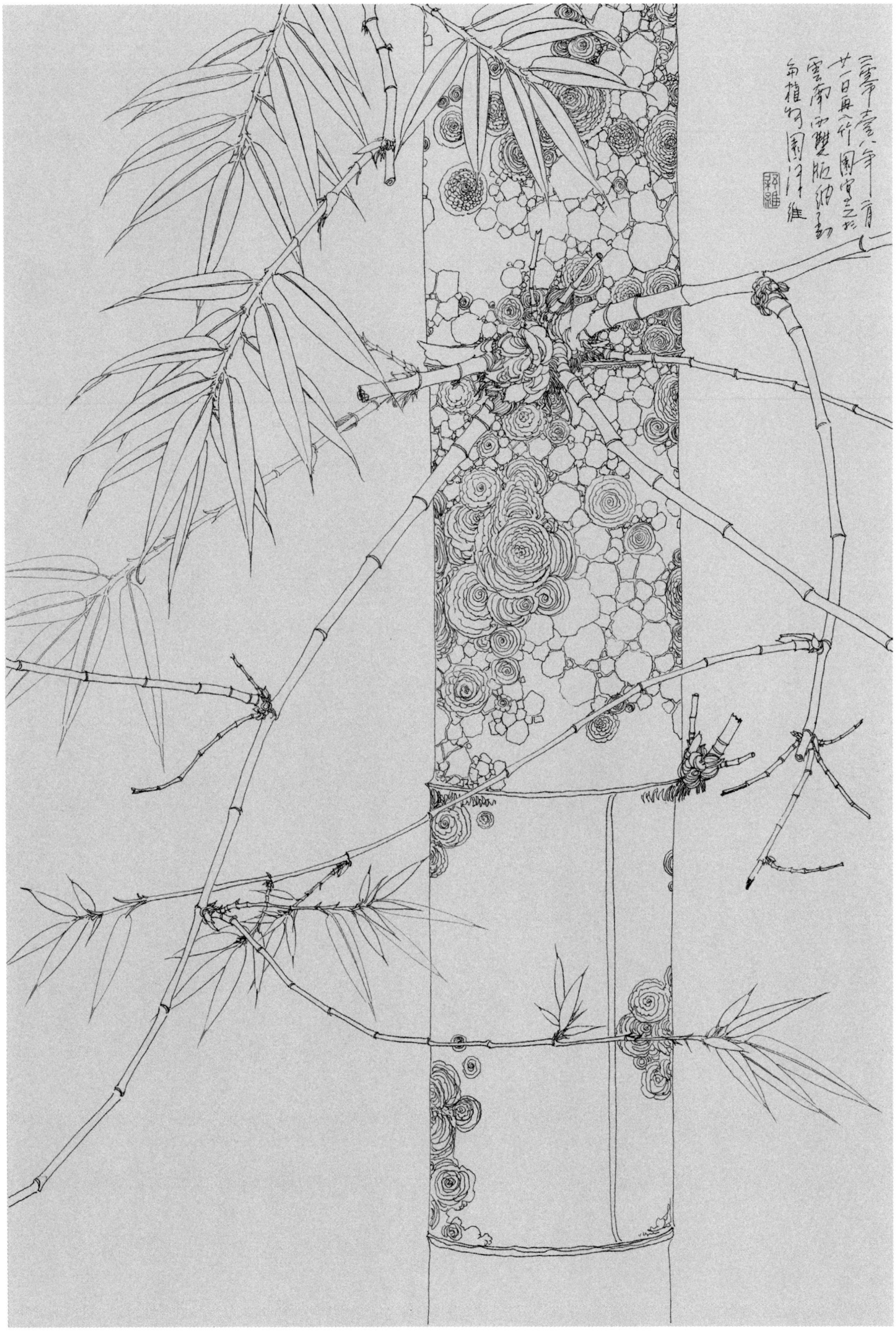
二零壹八年一月
廿一日再入竹园写之于
云南西双版纳勐
仑植物园

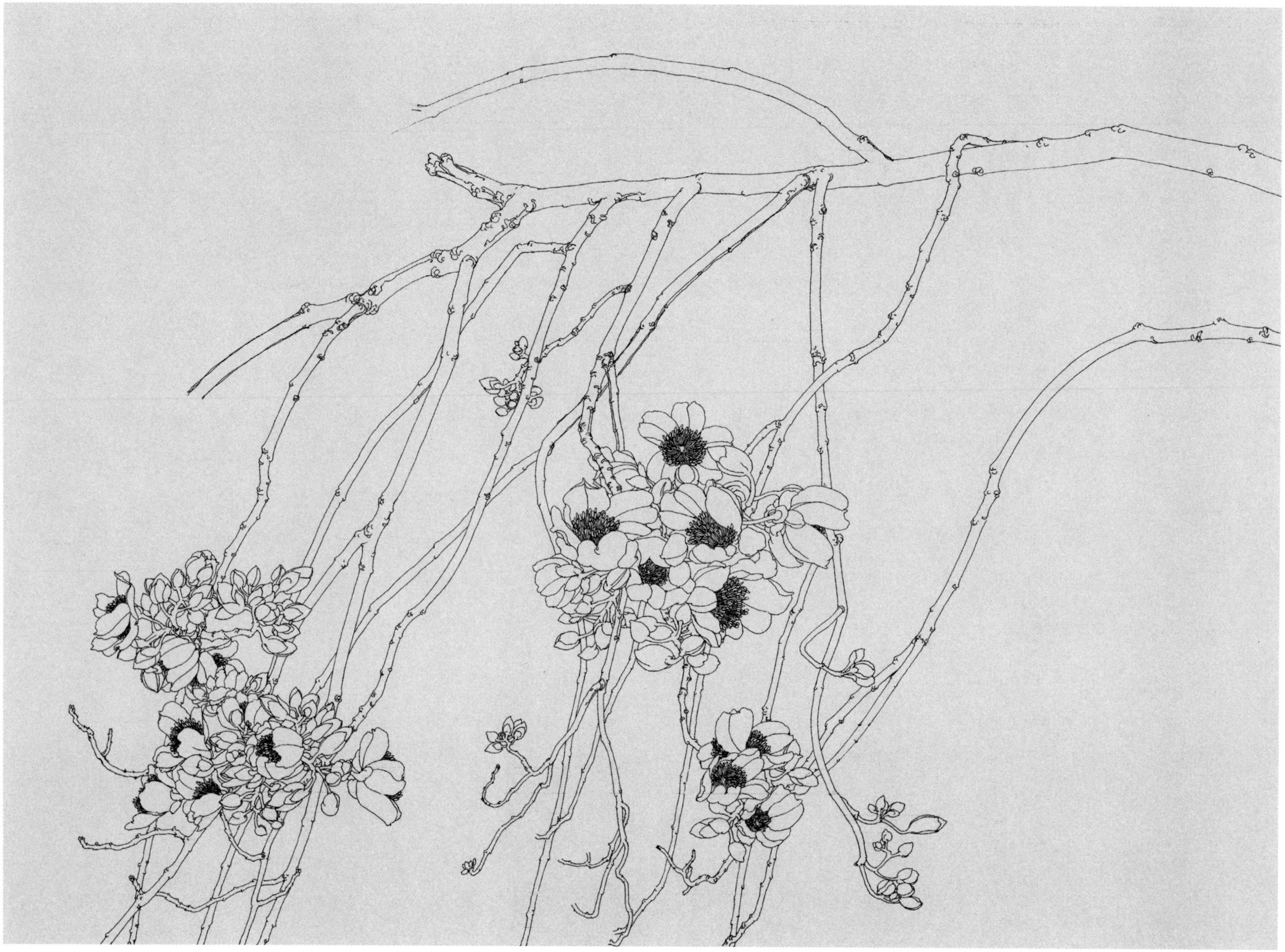

国家画院郭子良工作室二零一八年
春季云南西双版纳写生课第二天在
景洪动物植物园写非洲芙蓉花 梁维

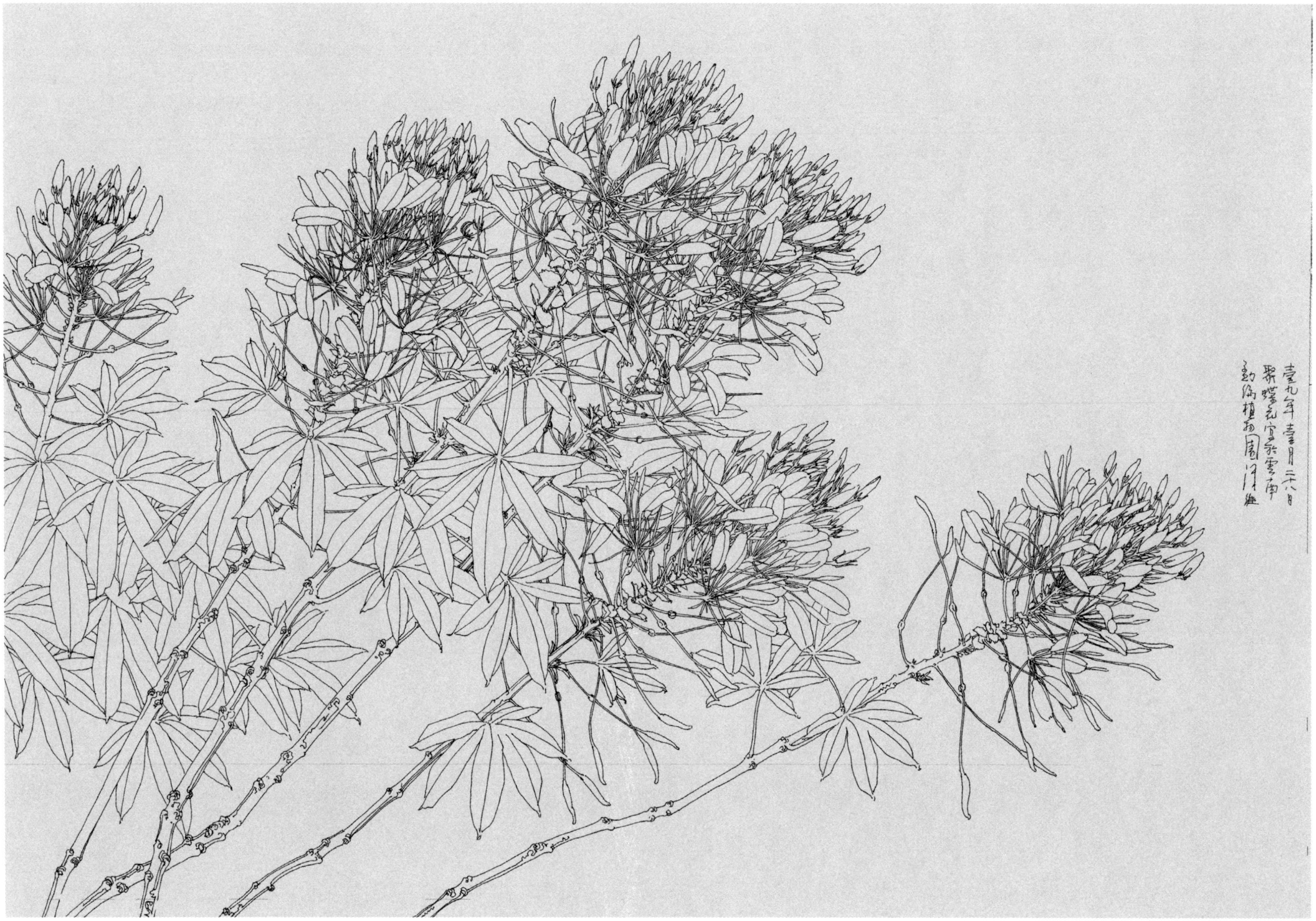
壹九年叁月二十八日
醉蝶花写于云南

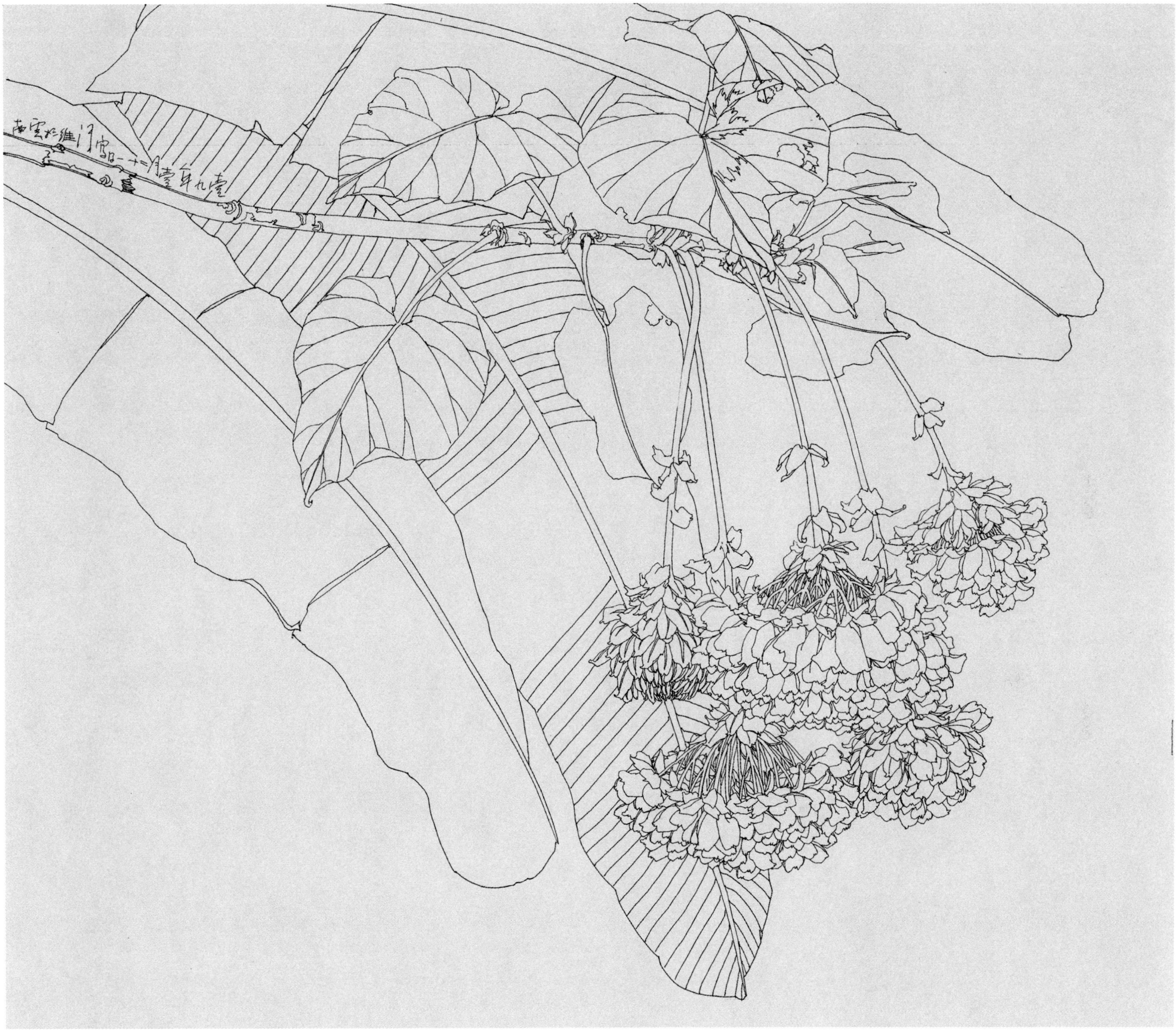

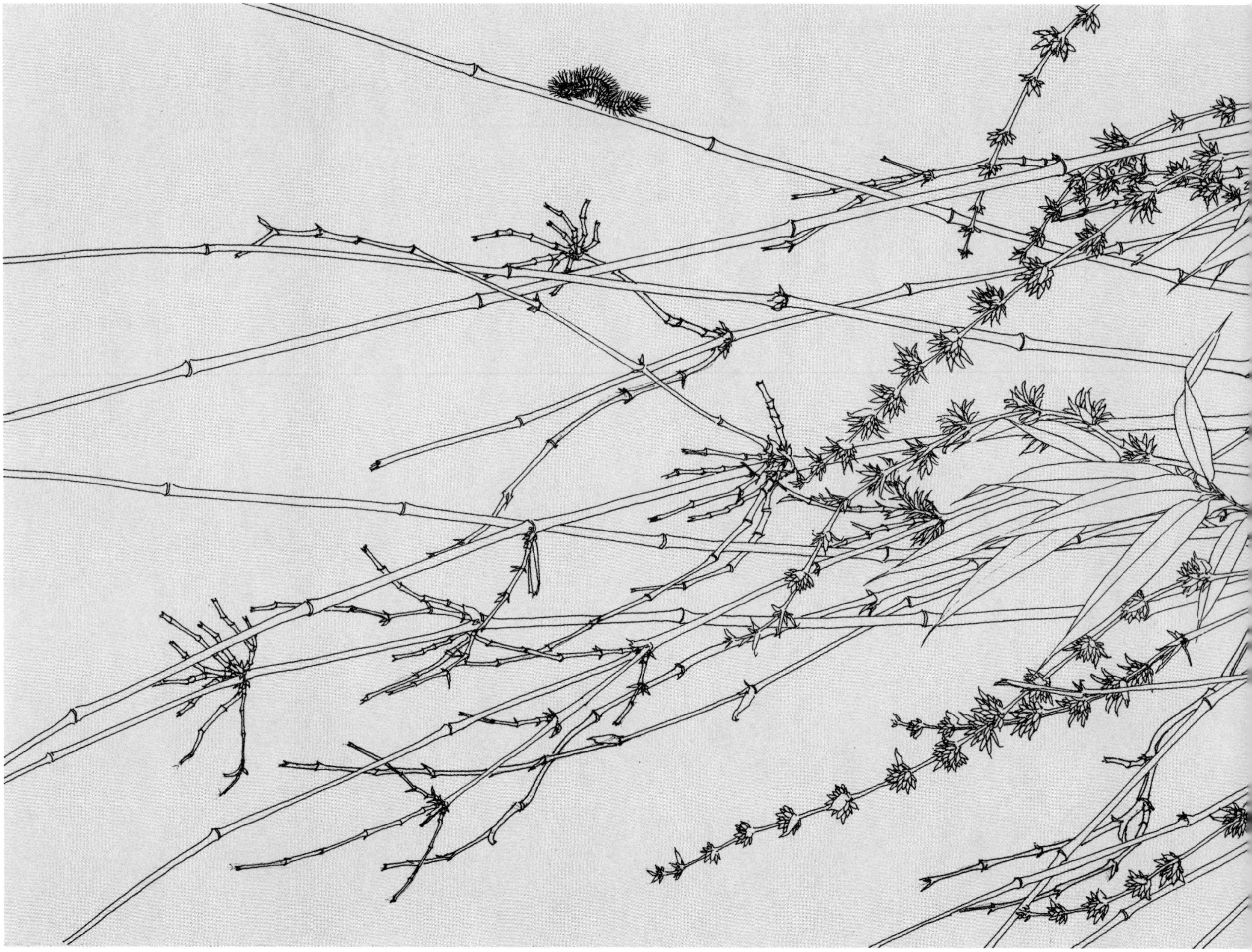

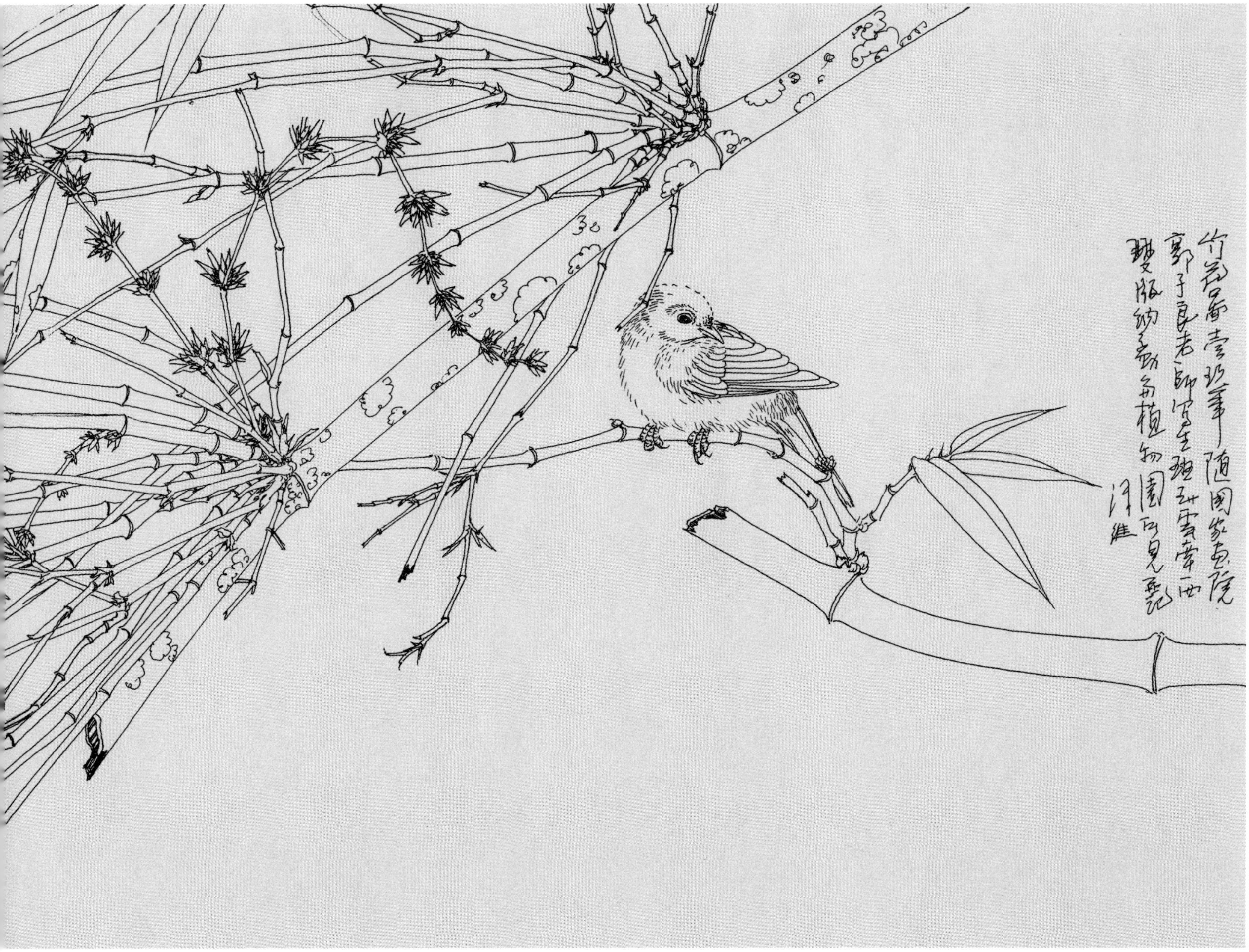
竹雀圖 壬辰年隨國家畫院
郭子良老師寫生班赴雲南西
雙版納熱帶植物園所見記
梁維

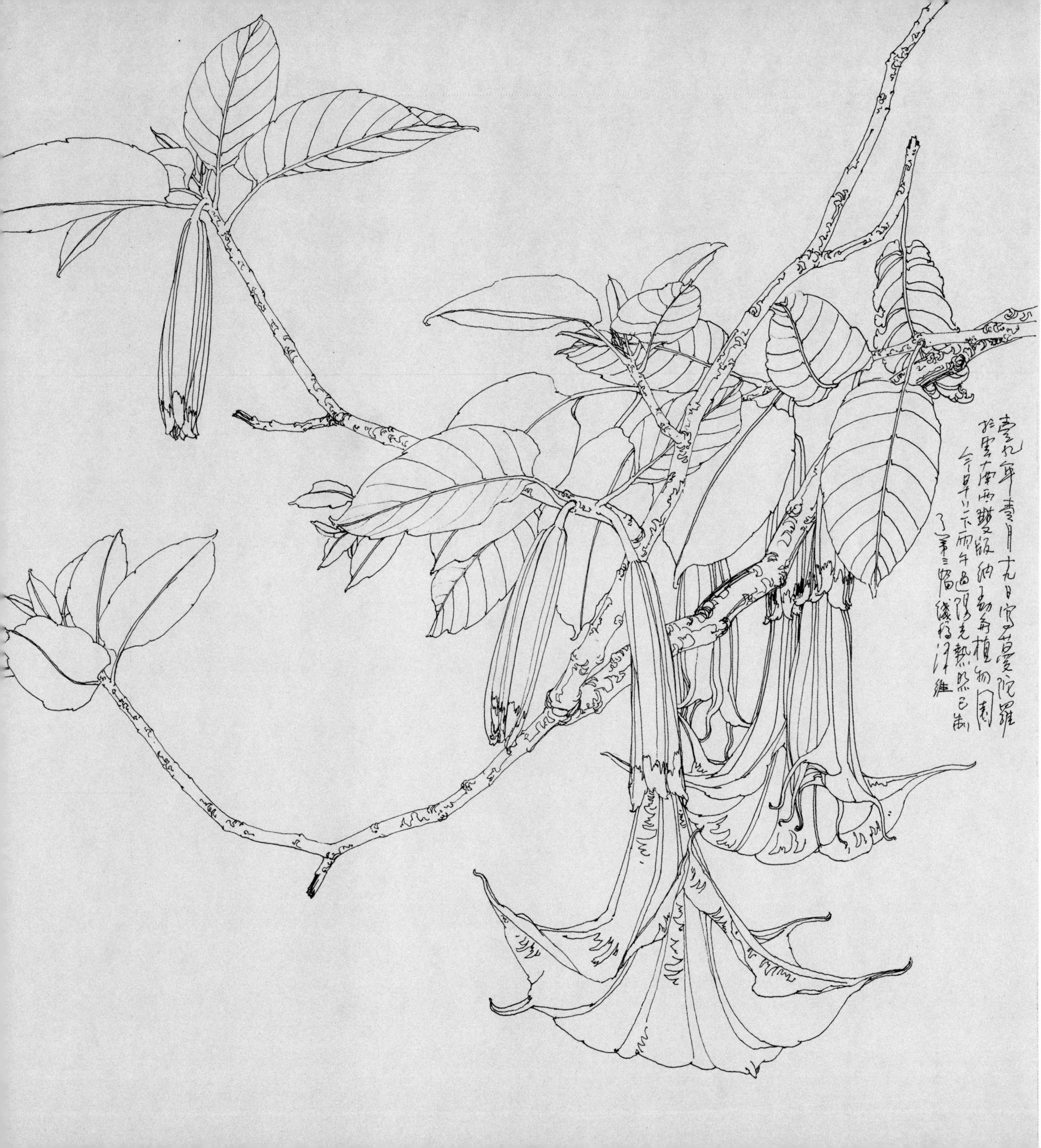
壹九年壹月十九日寫黃曼陀羅
於雲南西雙版納勐侖植物園
今日早上下雨午過陽光熱照已制
了第三幅線描 汗維

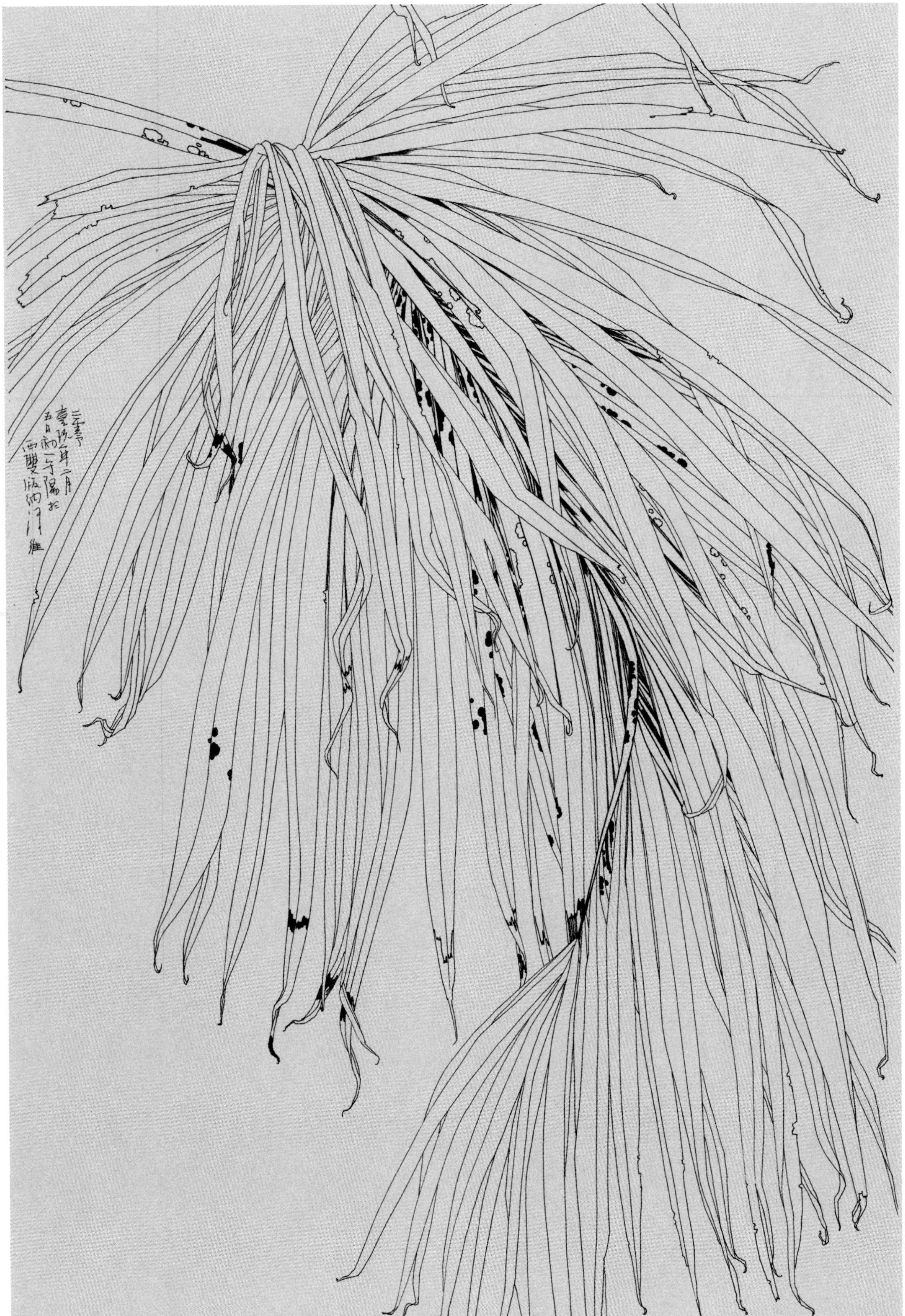

零壹八年二月
中国西双版纳
梁维

二零壹八年二月十五日写西番莲
于西双版纳勐仑镇植物园
正午高阳下 梁维并记
梁維

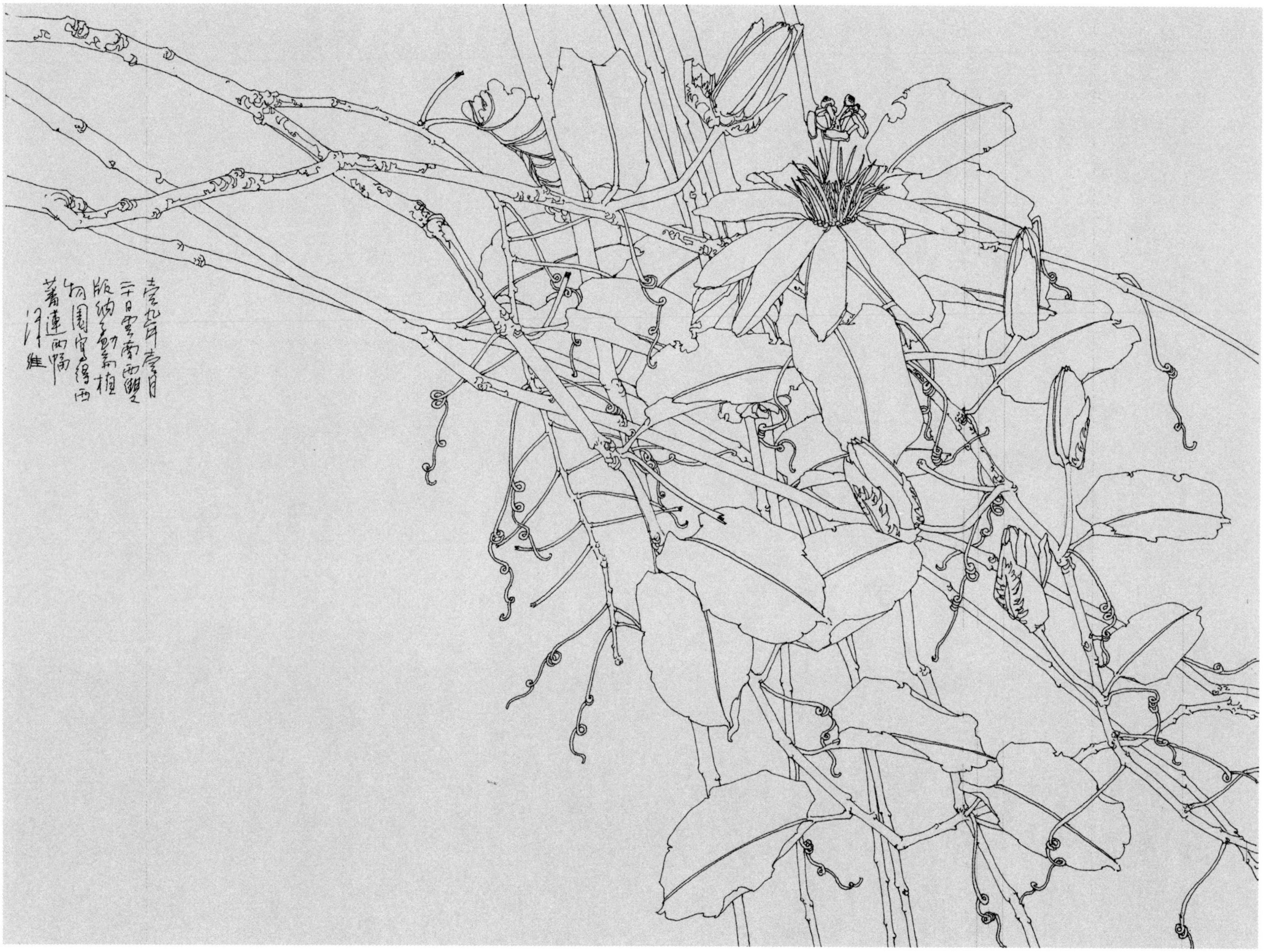
壹九年壹月
二十日云南西双
版纳勐腊植
物园中写得西
番莲两幅
洋继

壹玖、年
壹月十六日
時熱陽時雨
點中完成於
雲南西雙版
納勐侖植
物園
維

壹八年二月写于西双版纳
勐仑植物园周洋维

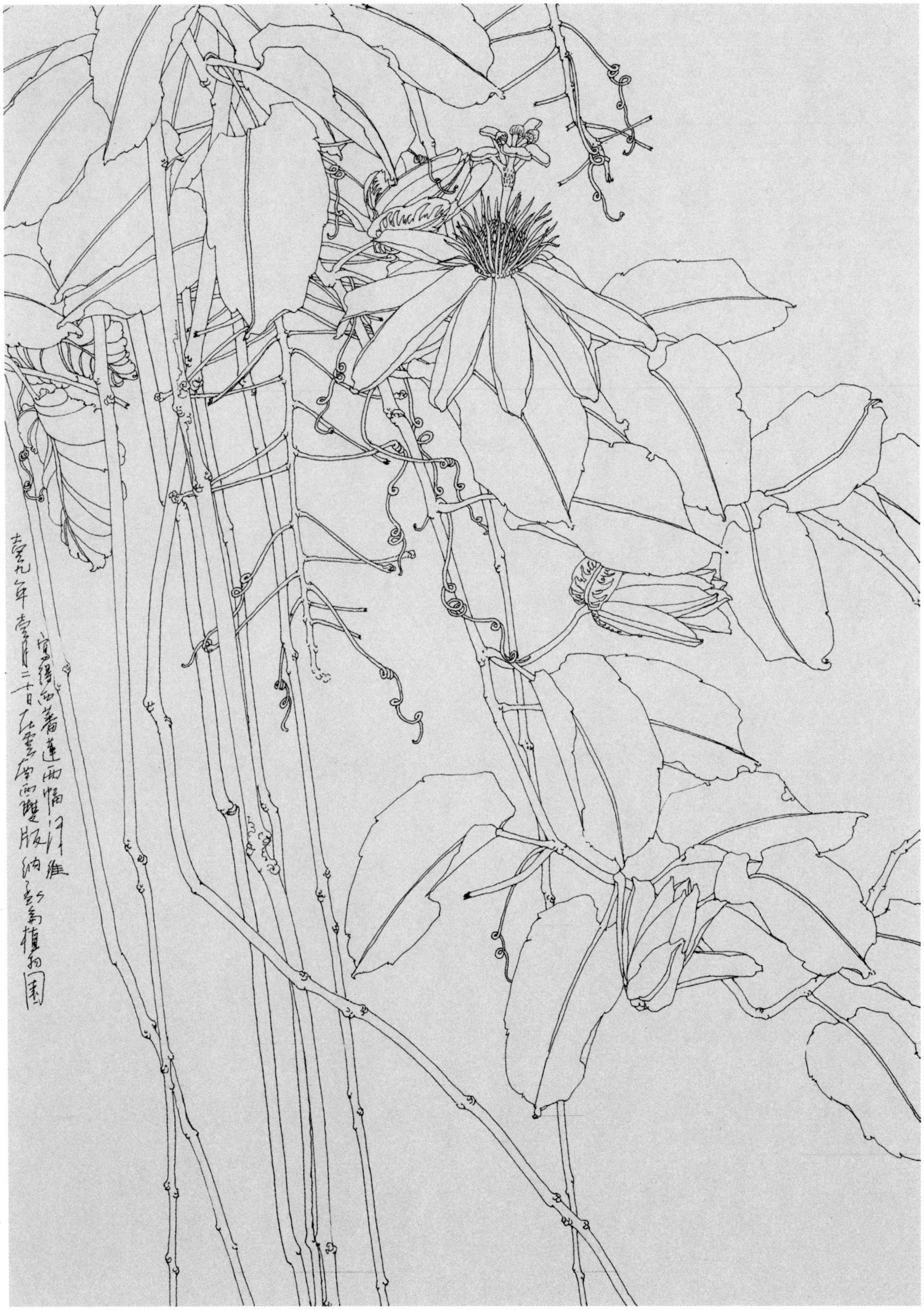